入山

[法] 塞弗琳·戈捷◎著

[法] 艾米丽·弗莱谢◎绘

刘夏◎译

浙江少年儿童出版社·杭州

感谢赛福若和蒂埃里对我的信任，
感谢乔纳森的帮助和他的金点子，
感谢我的家庭给予我的支持。

——艾米丽·弗莱谢

献给我的父亲，
献给我的根——父亲的山峰，
也献给安波林。

——塞弗琳·戈捷

图书在版编目（CIP）数据

人山 / (法) 塞弗琳·戈捷著；(法) 艾米丽·弗莱
谢绘；刘夏译. -- 杭州：浙江少年儿童出版社，
2017.1（2023.5重印）
ISBN 978-7-5342-9736-6

Ⅰ.①人… Ⅱ.①塞…②艾…③刘… Ⅲ.①儿童故
事—图画故事—法国—现代 Ⅳ.①I565.85

中国版本图书馆CIP数据核字(2016)第275457号

L'Homme montagne, Gauthier - Flechais
© Editions Delcourt – 2015
Simplified Chinese translation copyright © 2017 by TB Publishing Limited
All Rights Reserved.

著作权合同登记：图字11-2016-403号

人山
RENSHAN
[法] 塞弗琳·戈捷 ◎ 著　[法] 艾米丽·弗莱谢 ◎ 绘　刘夏 ◎ 译
策　　划：奇想国童书　　责任编辑：张灵羚
特约编辑：郑宇芳　雷蒙蒙　　特约美编：田丽丹
责任校对：冯季庆　　责任印制：王　振
出版发行：浙江少年儿童出版社（杭州市天目山路40号）
印　　刷：深圳福圣印刷有限公司
经　　销：全国各地新华书店
开　　本：889mm×1194mm　1/16
印　　张：3　印　数：46001-51000册
版　　次：2017年1月第1版　印　次：2023年5月第7次印刷
书　　号：ISBN 978-7-5342-9736-6
定　　价：52.80元

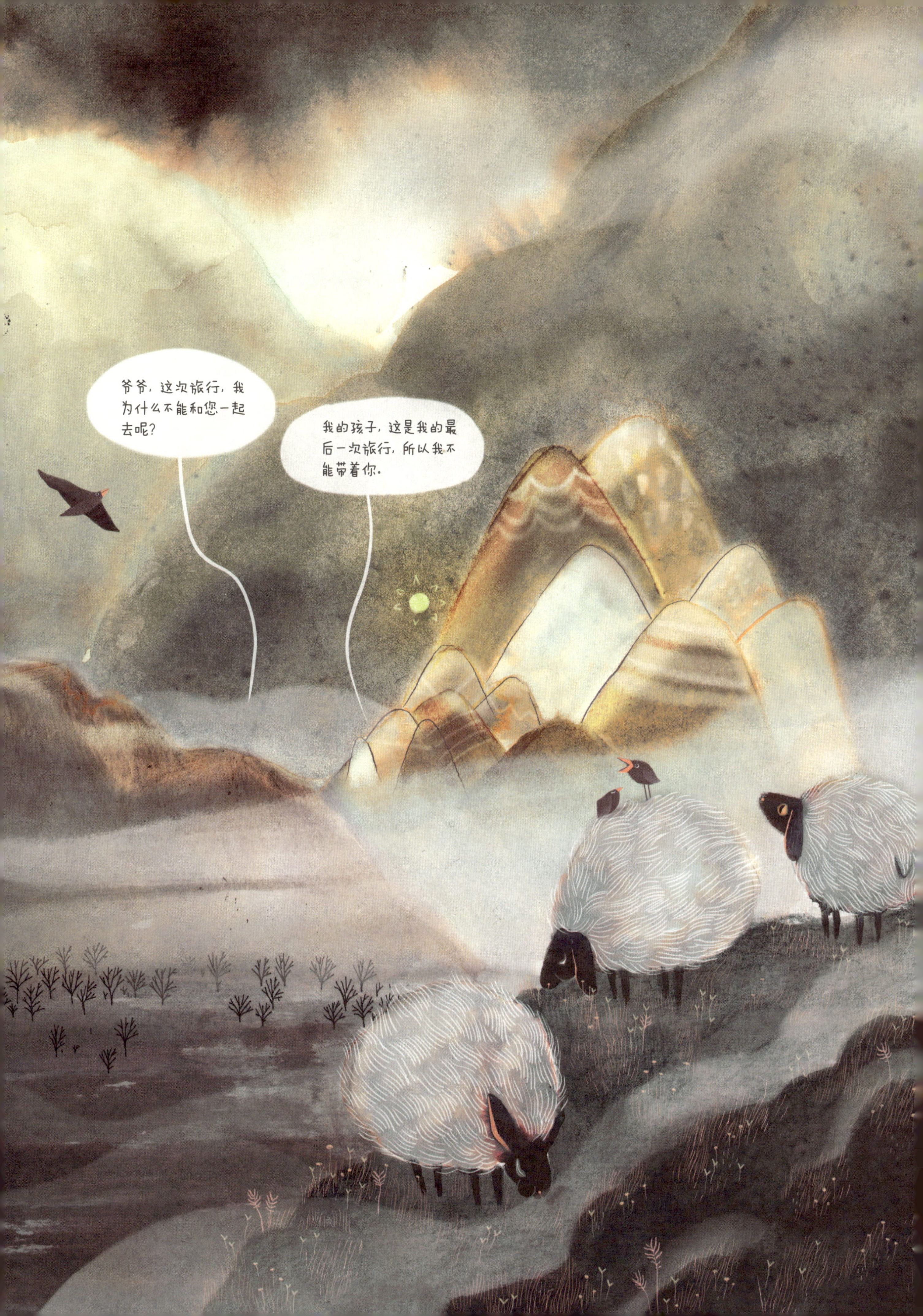
爷爷，这次旅行，我为什么不能和您一起去呢？
我的孩子，这是我的最后一次旅行，所以我不能带着你。

将来，你也会像我一样清楚地知道，我的孩子。你也热爱旅行，有一天你老了，走不动了，你就知道，不能再继续旅行啦。

您怎么知道这是您的最后一次旅行呢？

可是爷爷，如果我不能和您一起去，谁来把您的这次旅行讲给别人听呢？

听着，我的孩子。我的背上，扛着世界上所有的山峰；我额头上的皱纹，刻着所有走过的路；我的声音里，藏着大地的低吼；我的眼中，可以看到海水的奔腾。

我知道，爷爷，所以您的眼泪才会是咸的。

但是孩子，我的双脚已经十分疲惫，风已经不足以带我前行了。

没有风，您就走不了太远了……

是的，我的孩子，我走不了很远了。如果累了，我会坐在大树底下休息。这样你可以放心了吧？

可是爷爷，我可以推着您走，可以帮您呀。

哈哈，我的孩子，你还太小，推不动这些大山的！

在一个人的旅途中，
他战胜过许多危险，
克服了不少困难。

于是孩子就出发了。
他独自一人，走啊走
啊，走了很久。

"因为我最美的旅行，
是你呀。"

"爷爷，为什么您确定
我们会再见呢？"

脑海中，一直回响
着爷爷的话……

晚上好啊.

您是谁呀?
我是大树,
你呢?
我是一个
小孩。
我还从没遇到
过小孩。
我也从没遇到过大树。
那你在这里做
什么呢?
我在寻找最高的山和
最有力量的风。

他一直都不太会控制自己，对他来说，没有什么比吹出一阵大风，更能使他高兴的了。

有时他吹的风太大，大家都猜他是不是疯了。

怎么会这样呢？

风的力量太大，没有人比得上。你猜，最厉害的风为什么住在最高的山上呢？

我不知道，爷爷没有告诉过我原因……

他之所以一个人住，是因为他吹的风太强，会伤到其他人。而在最高的山上，他就可以自由自在地吹，不用担心会弄伤别人了。你说是不是？

我觉得这有点悲伤。

我不这么认为，我觉得他是快乐的。

如果风吹得太强劲，会伤到您吗？

哈哈哈，不会的！我有许多扎得很深的树根，就算风吹得再大，我还是可以站立在这里，与他对抗是我的乐趣！

13

树根？什么是
树根？

嗯……这可有
点难解释。

有了树根，我才能住在这
里。它让我更舒适，也使我
变得强大，能抵抗大风。
正因为有根，我才长成了一
棵树。如果问是什么让我
成为一棵树，那一定是因为
我的根。你明白了吗？

我还是不
太明白。

你喜欢做一个
小孩吗？

我想，
我喜欢。

那你一定
也有根。

真的吗？

当然是真的。

可我的根
在哪儿？

啊，这我可就不
知道了。我是一
棵树，你是一个
小孩，我们的根
肯定是不同的。

你的问题真有趣。
这一点我还没仔细
思考过。

可它们为什么
不同呢？

可是现在我没有根，该怎么去见最厉害的风呢？
据我所知，很少有人去拜访最厉害的风。有时，他吹累了会停下来歇息。他歇息时，你可要把握住时机，告诉他你的请求。
好啦，现在你该睡了。明天还有很长的山路要走。
如果以后我找到了我的根，我还可以回来看您吗？
当然，只要你想来。你很容易就能找到我，我会一直在这里。
晚安。
晚安。

孩子又踏上了旅途，独自一人向着最高的山前进了。

他很想念他的爷爷，也想念大树，和他不太理解的树根的故事。

他一路想着想着，都没有注意到，自己已经来到了最高的山的山脚下。

嗯……好重。

你要做什么?

你太重啦! 我推不动你。

我当然重啦, 我这么强壮!

对! 他超级强壮!

嗨……你也好重啊!

停停停!

呼……呼……我不够强壮,不能把你们三个全带上山顶啊。

小石头,如果你愿意,我可以带你去山顶。

如果我带你去山顶，你就可以再开心地跑一次啦。

可是……我就只能一个人跑了。一个人还疯跑什么呀……

我们的比赛或许只有几分钟，但它是世界上最疯狂最快乐的比赛！

等到了山脚，我们要花一辈子的时间，把这场比赛一遍遍地说给别人听。

别的小石头听到我们说到你的时候，一定会非常惊讶的！

所以说呀，我们干吗要回山顶去呢？

我还是不明白。

你不明白很正常，因为你不是一块小石头！

哈哈哈！

哈哈哈！

哈哈哈！

再见啦，小孩！希望你能找到最厉害的风！

谢谢，再见啦！

23

当然重要了，但你可以和别人一起分享这次旅行。

我不知道……这是我第一次独自旅行，我觉得……第一次旅行很重要。

我和别人一起分享了！我遇到了大树和小石头们，这算是分享吗？

哈哈哈！能遇到新朋友当然好，但分享旅行意味着学会与他人一起旅行，在你需要帮助时，他人能向你伸出援助之手。这样一来，学会了分享和互相帮助的美德，旅行的意义就更大了。

真的吗？

当然是真的。我承诺，我们山羊一族会保护你安然无恙地到达山顶。那么当你找到最厉害的风之后，你就可以告诉别人，在旅途中最艰难的时刻，你拥有我们的陪伴和帮助。有了我们山羊的陪伴，你的旅途会变得很愉快的！

太好啦！有人告诉我，要学会把自己的旅行说给别人听，有时候，可能要花上一辈子的时间讲述自己的旅行呢。

这样说的人可真是聪明呀。

是一块小石头告诉我的。

好啦，快爬到我的背上来，我带你去看看我们的王国。

山羊的王国有些荒凉，
凛冽的风呼呼地吹着，
岩壁被风打磨得光滑又陡峭，
只有山羊们的脚能稳稳地踩上去。

小男孩觉得能有山羊朋友的陪
伴实在是太好了。

天气那么冷，小男孩都快被
冻僵了。

但是，依偎在新朋友山羊国王
的身边，小男孩很快就暖和起
来。风好像没这么大了，天也没
这么冷了，他甜甜地睡着了，洁
白的棉花、软绵绵的云彩和暖
暖的风织成了他的美梦。

小男孩想，山羊国王真是
自己最好的朋友。

一路轻快地前进，
小男孩心情愉快，
还哼起了歌。

我们到了，这就是最高的山的山顶，最厉害的风的洞穴就在那边。接下来的路，需要你自己走了。

谢谢您！

不用谢，祝你好运，我的朋友！

对了！你要问我什么问题？

差点忘啦！我想知道，山羊们有根吗？

哈哈哈，这就是你的问题呀——山羊们有没有根？你可真是个有趣的小男孩！

那到底有没有呀？

我们当然有根啦！

呼 呼 呼 呼 呼……

最厉害的风，您能听见我的声音吗？最厉害的风！

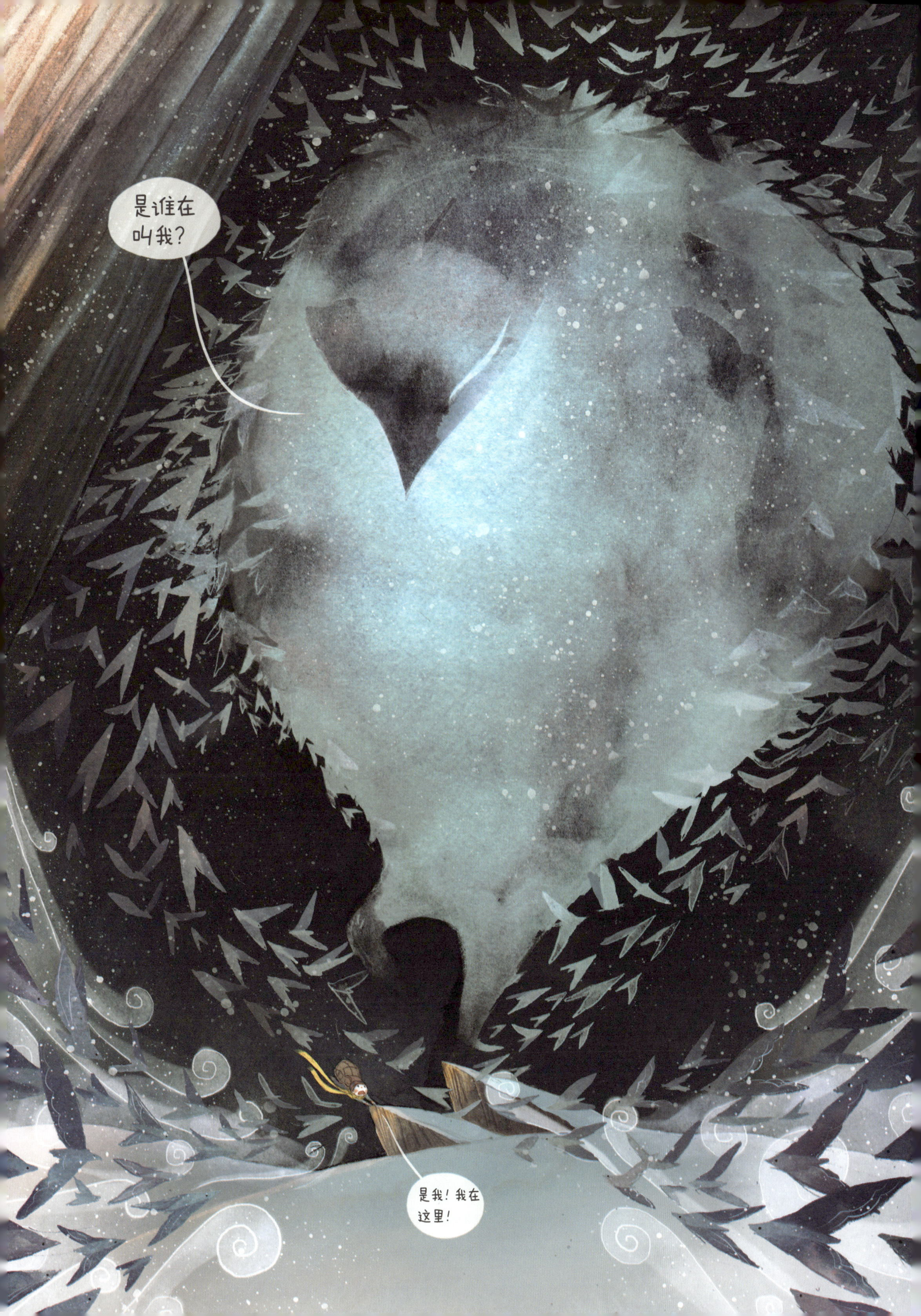
是谁在叫我？
是我！我在这里！

一个小男孩？自从我住到山顶，还没有人到这里来过，你是怎么爬上山的呢？

多亏了我的山羊朋友的帮助，我才能来这儿……他们告诉我您住在这里，我……我是来找您的。

你走了这么远的路来找我，是为了什么呢？

我想让您帮助我。

帮助你？还没有人来我这里寻求过帮助，我连什么是帮助都不知道！

是这样的，在寻找您的旅途中，我遇到了大树，他告诉我，您喜欢到处吹风。

没错，我很喜欢到处吹风。

那您就可以帮助我啦！

真的？

是的！我听说您的风强大到可以吹动山峰！

只需要吹风，就可以帮助你了吗？那是小事一桩。

可是对我来说，这太难了。我不会吹风，只有您才能吹出强大的风，所以只有您能帮助我。
你需要这么强的风做什么？
为了能吹起我爷爷背上的大山，帮爷爷完成他的最后一次旅行。
为了吹起大山？是真的吗？这样我就可以吹出很大很大的风，还不用担心伤到别人啦！
那就太好啦！爷爷背上的山虽然比不上您住的这座山，但它们全都又高又沉，压得爷爷都走不动了，只有很大很大的风才能帮到爷爷。
哈哈哈！
那么，您答应帮我了吗？
当然，你的忙我帮定了！

最厉害的风吹出了一阵风，小男孩驾着这阵风，觉得自己的身体都变轻了。他不禁想：要是爷爷驾上这阵风，他背上的那些大山，一定就变得像云朵一样轻了，爷爷一定会非常高兴的！

小男孩又想起了山羊国王关于分享旅行的话——他和最厉害的风一起分享了回程的旅行，果然，旅行变得既轻松又有趣。

真是太神奇了！您可以去任何您想去的地方！

哈哈哈，当然啦！我是最厉害的风，所以我可以跟着我吹出来的风，去任何我想去的地方！

爷爷不见了……爷爷答应过我的……

爷爷答应过我……他答应过我的，他不会在我回来之前离开……

我还没来得及和爷爷告别，我……

我还想把我的旅行说给爷爷听……我还想告诉爷爷好多事情……

有时候，有些承诺是无法兑现的。

爷爷……爷爷不会回来了吗？

嗯，他不会回来了……

可是，他已经用最好的方式对你说了再见。你抬头看看，这不是他留给你的最美的礼物吗？

爷爷的山？

这里，就是你的家，是你生活的地方，是无论走多远，都会回来的地方。你不是还告诉过我，无论相隔多远，你都能认出这些山吗？
是的。
你知道为什么吗？
我也不知道，我就是能认出来。是因为它们向我述说着爷爷的故事吗？
孩子，不久以后，它们也将述说你的故事。
我的故事……
是啊，因为这些山，就是你的根啊。
原来，我真的有根啊。
原来大树说的都是真的……
你一直都有，只不过，你不知道罢了。
听我说。
我要走了，但我一定会时不时回来看你的。
我永远都欢迎您！我会想您的……
能帮到你我很开心！我也会很想你的。
很抱歉没能帮上你。
您已经帮我了，不是用您吹出来的风，而是用您说的话帮了我！

离开之前，最厉害的风告诉小男孩，他不会去很远的地方。他还保证说，一定会从自己的山顶上吹出足够强的风，这样小男孩就能听到他说的话，每天都能跟他聊天了。

接着，他吹出了一阵很大很大的风，向他的新朋友——小男孩告别。

这时，最厉害的风注意到了小男孩的变化：在他的头顶，第一座山悄悄地长了出来……

而从小男孩的脸上，最厉害的风读出了他在第一次旅行中所有的喜怒哀乐。小男孩自己的故事，开始了……